이신경 시집

짚베옷에 흘린 눈물

한누리미디어

/ 짚베옷에 흘린 눈물 /

| 시인의 말 |

임은 저에게 '시는 사실의 언어가 아니고 진실의 언어'라 했습니다. 시인이란 그의 언어로 이 세계와 이 우주를 창출해낸 천지창조주라 했습니다.

하늘과 땅과 바다를 창출해냈던 것도 시인이고, 달과 별과 태양을 창출해냈던 것도 시인이고, 풀과 나무와 동식물들을 명명한 것도 시인이라 했습니다.

진실의 언어를 찾아 광야를 헤매고 있습니다. 진실의 언어는 내 안에 있었습니다.

잠 아니 오는 잠자리에 누워서 손가락을 가슴에 대고 코와 입과 두 볼에 주름 파지는 것까지, 그리고 작은 웃음이 떠도는 눈자위 속에 까만 눈동자를 찍어 넣었습니다.

나의 분신들이 숨을 쉽니다. 얘들을 모아 세상에 내놓습니다. 저의 아이들이 당신의 별이 되고, 파란 봄이 되고, 옹달샘이 되었으면 좋겠습니다.

많이 부족합니다. 사랑받고 싶습니다.

열심히 노력하겠습니다.

도움 주신 모든 분들께 감사드립니다.

2022년 가을

강원도 횡성군 정문골 흙집에서 **이 신 경**

차례

제 1 부
장끼와 산딸나무

제 2 부

바닥이 있어 일어설 수 있다

차례

제3부

창밖에는

제4부

소꿉친구들

차례

제5부
보랏빛 유혹

제6부

술잔이 넘친다

차례

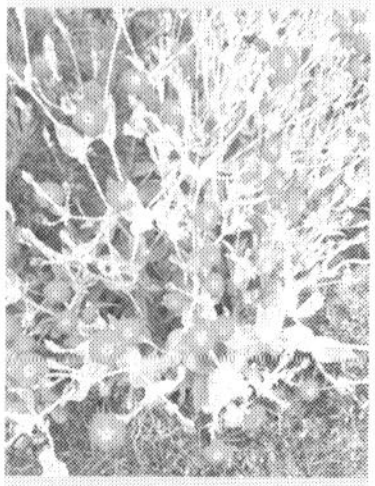

제 7 부

짚베옷에 흘린 눈물

제8부

봄날에 토굴에

차례

제 9 부

석양이 울고 있다

제 1 부

장끼와 산딸나무

저무는 날에

농부의 발자국 소리
논밭은 새벽을 연다
엊그제 심은 것 같은데
벌써 감자 수확이다

거두는 이 기쁨 누가 알랴
한 개의 과일 속에 씨앗은 셀 수 있으나
씨 속의 과일은 헤아릴 수가 없다

씨앗은 정직하다
땀 흘린 만큼 얻는다

농사는 기다림이다
초승달 둥글어 가는 모습 아름답듯
우리 인생도 그래야 한다

어느새 흰 머리에 등이 굽고
삭신은 구름 속에 달 기울 듯 야위어만 간다

흙에서 시작한 농부의 삶
흙에서 저물어 간다

불편한 동거

여름밤 어둠이 내린다
불청객 찾아든다

모기의 공습경보
방어의 헛손질에
내 뺨 아프다

개구리, 풀벌레
짝을 찾는 울음소리
멍석 옆 모닥불은 여름을 즐기며
하늘 높이 날아가는데
나는 모기와 전쟁 중이다

코끼리와 생쥐의 관계가 이러할까

체면이 말이 아니다

불편한 동거
모기의 공격을 받으며 삶의 지혜를 찾는다

감자

후텁지근한 흙냄새가 목덜미를 휘감는다
하지가 가까워지자
감자 잎이 누렇게 늙었다

땅속 보물 찾는 호미 신이 난다
흙 속 아이들 보니
탯줄에 매단
자식들 생각에 가슴이 뛴다

검은 홑이불 걷어차고
줄줄이 끌려 나온 녀석들
세상구경 낯설다

괜찮아 못생겨도 고맙다
올망졸망 살찐 개구쟁이들

구름 속에 숨어있는 초승달같이
다시 세상에 탯줄 댈 씨눈들
너희들 속에서 우주를 그려 본다

별이 빛나는 밤에
하지감자 쪄내며 나의 꿈을 뒤적인다

생각이 머문 자리

삶은 아름다운 것
지금 이 순간이 소중하다

오늘 이 시간은 나의 것

오늘 태어나
오늘 죽고 마는
너의 생에 후회는 없느냐

하루살이,

생과 사를
너의 삶과 비교해
이야기하곤 하는 우리 인간이
옳은지 그른지…

시공을 떠난 자리는 어떤 곳인가

어두운 밤 불을 좇아
육신을 불사르고
생을 마감하고 있는

너에게 왠지 생각이 머문다

이젠 연두아이가 아니다

초록 이파리 사이로 훔쳐본 하늘
호수와 사랑에 빠졌다

물빛에 취한 세상
온통 초록 무대다
물소리 새소리 산과 들을 노래한다

여름을 들어 올리는 따가운 한낮
바람이 시비를 건다
감자꽃이 이랑마다 손 흔든다

밀 보리 익는 들녘 길을
숨 가쁜 황소가
느릿느릿 지나간다

철부지 연두잎새 아이들
어느새 저렇게 자라 황소를 몰고 있다

정적이 그늘을 빌려 잠시 쉬고 있다
이제 연두아이가 아니다

검푸른 청년이 길을 걷고 있다

워낭소리

밭 갈던 노인이 땡볕에 황소 세워 두고
나무 그늘에 앉아 쉬고 있다

정적을 꿰매는 워낭소리
눈을 감아도 훤히 보인다

큰 눈에 흐르는 눈물
전생에 무슨 죄를 지었길래
코뚜레에 멍에 메고
비탈진 밭갈이 이 고생 하느냐

덩그렁 덩그렁
산 내 들이 운다

내 영혼 깨우는 워낭소리
눈을 감아도 가슴을 파고드는 워낭소리

여왕이 잠들어 있다

햇살 가득 안은 담장 위로
덩굴장미 기어오른다

저걸 어쩌나 넘어지면 안 되지
돌담이 두 팔 벌려 끌어안고
햇살바라기 무등 태운다

조금만 더 조금만 더 젖 먹는 힘으로
파란 하늘을 향해 오르자

밀어주고 끌어줄 때에 올라가야 해
허공을 잡고 꿈을 포기해서는 안 돼

비바람 휩쓸고 간 아침
오월의 장미

별들의 품에 안겨 잠들어 있다

장끼와 산딸나무

숲을 가르는 수컷의 우렁찬 목소리
이맘때면 어김없이 찾아온다

그 정겨운 울음소리
어릴 적 내 기억을 끌고
산딸나무 그늘을 걸어 마을로 내려온다

양 날갯죽지 속에 어린 남매 품고
부르셨던 아버지의 노래 한 소절
"꿩꿩 장서방 아들 낳고 딸 낳고"
오늘 따라 왜 이렇게 아버지가 그리운지

누런 보리밭에
아버지의 얼굴 일렁이고
숲을 가르는 장끼 울음소리

산딸나무 하얀 그늘 속에
우리 아버지 걸어오신다

종달새와 시를

초록 물감 찍어 그려놓은
오월 한나절 햇살 곱다

개울 건너 찔레꽃
볼 부벼대는 소리 향기롭다

청보리밭에 물오른 보리대궁
실바람 잡고 피리 불자 하는데
이랑에 노는 종달새 놓아주지 않는다

산촌의 오월은
온통 서정의 시 군락지
오늘은 어떤 시를 노래할까

텃밭 언덕에 머윗잎 돌나물 미나리 뜯어
저녁 밥상에 올려놓아야지

종달새와 시를 노래하자
봄 향기에 흠뻑 취해 보자

유월의 숲으로

벌써 봄은 가는가
꽃이 피고 진다는 것은 아름다운 일이야

코로나 때문에 봄의 향기 맡을 수 없어 아쉬웠는데
너는 약속 어기지 않고 다시 찾아왔어

매화 터뜨리고 잔설 녹이더니
민들레 홀씨 따라 벌써 떠나가는구나

어디로 가는 거지
젊음의 계절로 가는 거지

푸른 나뭇가지 팔 벌려
젊음을 품어 안을 수 있도록
유월의 숲으로 나 좀 데려다줘

짚베옷에 흘린 눈물

제2부

바닥이 있어 일어설 수 있다

폐가
봄을 먹다
봄을 기다리는 소녀
잃어버린 소리를 찾아서
떡국 한 그릇
눈 내리는 소리
쉼표
바닥이 있어 일어설 수 있다
겨울밤을 너에게 맡긴다
고향친구들

폐가

어둠이 기웃거린다
안채에 들어앉은 잡초
길손의 시선을 붙잡는다

장독대에 깨진 항아리
두꺼운 과거 켜켜이 쌓고 있는 부엌 밥상
얼기설기 얽힌 거미줄이 시공을 잡고 있다

메주를 매달아 놓은 사랑방
꿈을 펴 올리던 두레박은 나뒹굴고
벗어 놓은 고무신 속에 세월이 멈춰 있다

서까래 비집고 들어선 햇살
무너진 담장 너머 살았던 사람을 찾고 있다

과거로 가는 침묵의 강은 흐르고
모퉁이에 핀 등 굽은 복사꽃나무
지나가는 길손을 붙잡고 있다

봄을 먹다

텃밭에 봄이 아장아장 걸어 나온다

뜨거운 밥 위에 봄나물 넣고
고명으로 햇살 한 줌
산목련꽃 몇 잎 얹고 비비면
봄은 통째로 맛이 있다

고추장 한 숟갈에
양푼 속은 온통 꽃밭이다

멸치 몇 마리로 바다 향 풀어
쑥 된장국도 한 냄비 끓여내자

다들 모여라
양푼 속 아우성
봄을 섞고 비비자
서로 뭉쳐 어우러진 봄

봄을 먹자
보약이 따로 있나
향긋한 봄 입안에 가득
나른한 몸을 일깨워 보자

봄을 기다리는 소녀

아지랑이
가슴에 불을 놓는다

연둣빛 드레스 걸쳐 입고

백마 타고 오는 사람아

빠져들고 싶다
당신의 까만 눈동자에

사랑에 빠져 잠들고 싶다

잃어버린 소리를 찾아서

소리를 잃어버린 세상
두 개의 귀가 모자라
세 개의 귀로 세상 이야기를 듣는다

몸짓과 표정을 보고
소리를 읽어내는
농아는 세상과 소통한다

이어폰을 낀 젊은이들
듣고 싶은 것만 듣는다
세상 소리를 차단한 달팽이관
그 섬 속에 섬이 자리를 잡고 있다

보청기는 세상을 연결하는 창
답답한 노년층의 귀

내 몸의 일부분이 된 보청기
지하철 안에 소리가 둥둥 떠다닌다

떡국 한 그릇

설 대목 장날이다
쌈짓돈 몇푼 쥐고 장구경 나선다
까마득한 옛날 잔밥에 쌓여 살던 시절
애들 생각이 나서 장 한 바퀴 돌고
차례상 준비하고 집에 돌아온다

애들 방에 불 지펴 놓고
이불 홑청 빨아
곱게 풀 먹여 꾸며 놓고 기다린다

지나가는 바람소리
개 짖는 소리에 가는 귀 세우며
사립문 밀고 들어올 것 같은 애들 생각에
온종일 서성인다

설날 다들 모여
차례 모시려 했는데
이놈의 코로나가 길을 막는다

그래도 혹시나 하고 기다리는 마음
떡국이나 끓여 먹었는지
설날 아침 목이 메인다

눈 내리는 소리

눈으로 가득한 산촌
마을은 느긋하다

싸리 빗자루 세워 놓고
젖은 털신 털어 툇마루에 벗고
언 손발 녹인다

눈이 내리면
산촌에 갇힌 생각
점령 당했다는 허전한 느낌
뜨거운 커피잔에 녹여 본다

소나무 가지에 앉아 쉬고 있는
하얀 뭉게구름 타고 스르르 눈을 감는다

눈이 내리면
마냥 좋아 날뛰던 동심
장독 위에 쌓이고 있다

귓가에 아른거리는 목소리
눈 내리는 소리
산촌에 적막은 이렇게 깊어간다

쉼표

흰 구름 한쪽 산마루에 머뭇거린다
오가는 바람 꽃잎에 앉아 숨을 고른다

창공을 나는 새가 틈틈이 나래를 접고
나뭇가지에 앉아 쉬는 것은
더 멀리 날아가기 위함이다

쉼표 없는 악보
좋은 음악이 될 수 없지

나이 먹을수록 쉼의 골은 깊어지고
사물을 바라보는 시간은 많아진다

잠시 숨을 돌리고 세상을 바라본다
힘겨운 삶 지고 가다 지치면
다시 쉬었다 가야지

무엇이 그리 바쁜가
나무그늘 아래 땀을 식힌다
한 번쯤 모두 내려놓고 쉬어 가자

작은 쉼표 하나 찍고 가자

바닥이 있어 일어설 수 있다

계단 내려오는 발자국 소리 무겁다
낮인지 밤인지 분간하기 어려운 반지하 단칸방

눈이 부셔 눈을 떴다
빛 하나가 창틀 사이로 새어 들어와
고양이 눈으로 얼굴을 핥고 있다

가시에 찔린 나의 삶
어쩔 수 없이 맺은 어두운 인연
그렇지만 내 몸에 맞게 재단해 입고 나니
위로의 안식처가 되었다
습기와 곰팡이 냄새도 익숙해졌다

힘내자
내 마음에 불을 켜자
어둠 속에서 불빛은 더 밝게 빛나는 법

언젠가 내게도 꽃피는 희망의 계절이 오겠지
더 높은 곳을 향해 기지개를 켜자

바닥이 있어 일어설 수 있다

겨울밤을 너에게 맡긴다

허술한 처마 아래
파랗게 눈뜬 두꺼비 한 마리
겨울바람 몸으로 막고 서 있다

추위를 응시하는 저 몸짓
네 몸속 차가운 물줄기 데워
한 줌 온기로 노곤한 나의 잠을 지켜주는 너

고장난 보일러 온기마저 사라져
어디가 윗목인지 아랫목인지
냉골이 되어 버린 세상
추위가 한 움큼씩 찾아든다

엉덩이는
얼어붙은 방바닥
녹여 달라 앙탈이다

겨울밤이 길다
추위를 견뎌 보아야 고마움 안다

가난한 자의 겨울은 위태로운 외줄 타기

저 조그만 몸속 수많은 불씨
밤을 지새 내 거친 잠 속의 한기를 녹여줄 것이다

보일러,
겨울밤은 너에게 맡긴다

고향친구들

오랫동안 만나지 못했다
그리운 얼굴들
낙엽 속에서 주섬주섬 주워 담아 본다

어디를 가든 만나면 웃음부터 나누고
아름다움을 뽐내던 우리들

나이를 잊어버리고
체면도 위선도 필요 없이
어떤 이야기를 해도 인정해 준 티 없는 편한 친구들
어느새 색 바랜 낙엽이 되었다

뒤돌아보면 그리움과 아쉬움만 가득하다
서로 다른 곳을 보며 살고 있어도
황혼의 목장에
울타리가 되어준 친구들
보고 싶구나

말똥이 굴러다닌다
우리 한 번 만나 깔깔깔 웃어보자
언제라도 기댈 수 있는 친구
여기에 기다리고 있다

제3부

창밖에는

할머니의 유모차

거북이 걸음이다
털실 목도리로 귀와 입을 칭칭 감고
솜바지 옷 겹겹이 껴입은 할머니

유모차에 파지 싣고
고물상으로 들어선다

가쁜 숨 몰아쉬며 굽은 허리 펴고
하늘을 쳐다본다
오늘은 얼마를 받을까

동전 몇 닢
손에 쥔 따뜻한 온기

피곤한 몸 이끌고 집으로 돌아가는 길
바람이 스쳐간 눈물자국
눈 밑이 빨갛게 헐었다

유모차는 할머니 반려자
장에 갔다 오실 때는 장바구니
잠깐 쉴 때는 몸을 부린 의자

처마 밑에 유모차 세워놓고
“고생했다 어서 쉬어라”
할머니는 고물 TV 앞에 하루를 부린다

해를 품다

새해 첫날이다
희망을 품고 물들어 오는
동쪽 하늘 향해
나의 창문 활짝 열어 둔다

우리에게
내일이 있다는 것은
가슴 벅찬 일

아침 햇살
고운 이 돋아난 아가를 안듯
품어 안는다

희망의 길
찾아가는 새떼처럼
이 아침에 날개를 단다

새해를 품어 안는다

술 빚는 아낙

기억의 창을 연다
삶의 흔적을 찾아 헤맨다
시어는 순간에 붙잡지 않으면 사라진다

삶의 경험 속에서 잠자고 있는 시어
주워 모아 닦고 곱게 화장해 내놓으면
잘 익은 술맛이 난다

만인을 취하게 하는 시를 빚어내자

술 빚는 아낙은 시인이다

눈 위에 발자국

눈 덮인 산길 짐승 발자국 총총하다
자유롭게 뛰어다닌 모습 눈에 선하다

또박 또박
매화꽃은 들고양이 발자국
y자는 아기 산토끼
v자는 고라니
산새들 종종종 ㅅ자로
댓잎을 찍어 놓았다

거친 반항아 멧돼지가
성난 파도를 밀고 갔다

나의 발자국
어떤 발자국을 남겨야 할까

눈이 내린다

구세군이 길거리에 사랑의 솥 내걸었다
간간이 울려 퍼지는 저 종소리

불나비 빛을 찾아 모여들듯
사랑의 손길 줄을 서고 있다

어렵게 살다 보니 잊고 살았다

돕고 살아야지
나보다 어려운 이웃들이 많이 있다

일당을 쪼개 1만원을 넣고
돌아가는 발길에 하얀 눈이 내린다

창밖에는

서리 내린 날 아침 창문 앞에 서니
화선지 한 장 펼쳐 있다

꽃 토끼 사슴 고양이
가슴 속 낯익은 친구들 꺼내 놓고
손가락으로 그리고 지우고
입김 불어 넣는다

압력솥이 될 수는 없을까
힘차게 터져 나온 기세로
요녀석들 더운 김 훅 불어
창밖으로 보내 풀어 주자

성에 가득 찬 유리창 닦아내도
바깥세상은 보이지 않는다

내 마음의 창밖은 어떻게 생겼을까
입김 지우고 나니
김 서린 창에 눈물 주르륵 녹아 흐른다

겨울나무

산책길을 걷는다
찬바람이 억새밭을 휘젓고 있다

산새들 후드득
먹이 찾아 날아가는데

나무들 가지 끝에 서리꽃 달고
설한풍 속에서도 불평하지 않고
조용히 서 있다

강인한 생명력
환경에 적응하며
봄을 준비하는 겨울나무들

나의 봄은 이미 가고 없는데
너의 자태 존경스럽다

봄마중

잔설 뒤척이는 묵은 등걸 가지
기지개 켜는 소리
화들짝 놀란 매화 봄을 알린다

선하품 민낯으로
웃음 터지는 소리 뜰에 가득하다

이른 봄 찾아 날아든
벌 한 마리 부산하다

비릿한 어린 향기
시샘하는 봄바람에 코끝 시리다

고난의 삶 없는 이 어디 있는가
긴 겨울 터널을 지난
매화밭은 벌들의 오아시스

나의 오아시스는?
아지랑이 속으로 봄마중 가자

빗방울

아이들이 함석지붕 위에 방방놀이 한다
신발도 신지 않고 잘도 뛰어논다

지붕 위에서 미끄럼 타고 내려온 녀석들
처마 밑 양동이로 다이빙한다
나뭇잎들도 깔깔깔 신이 났다

이파리에 매달린 눈이 큰 아이
겁도 없이 마당으로 뛰어내려
웅덩이로 쪼르륵 몰려가
동그라미 그리며 땅따먹기 한다

삐죽 토라져 눈이 길어진 아이도
친구들과 어울리면 금방
동글동글 친해진다

온 세상을 다 갖고 싶은 빗방울 친구들

할머니 생각

감나무 끝에 까치밥 몇 개
찬바람에 가지 움켜쥐고 매달려 있다

홍시를 쪼아 먹는 참새
젖을 빠는 아기
꽁지 파르르 떨면서 잘도 쫀다

흔적만 남은
감나무 젖꼭지에서
할머니 얼굴 떠오른다

조건 없이 베푸는 할머니 사랑

제4부

소꿉친구들

서리꽃

아름답다
가지 끝에 핀 순백 겨울꽃

바람의 흔적 만지다
사르르 눈을 감고 내민 하얀 손

불면 날아갈까
만지면 녹아내릴까
숨죽이고 바라보는 마음

작은 물방울로 맺혀
남몰래 가슴 속에 간직한 꿈

이고 싶어
또 다른 새벽을 기다린다

사과나무집 소녀

생가지 잘라내는 아픔으로
피워낸 사과꽃

여름 하늘 쏟아진 햇살 아래
넉넉한 잎새
가을볕에 살찌운 상큼한 노래 아름답다

사과밭에서 돌아온 소녀
발그레 상기되고 도톰한 뺨
풋풋한 미소가 사과를 닮았다

그녀가 지나가면
달콤하고 향긋한 사과향이
코끝을 스친다

저 소녀가 자라서
모든 것을 아낌없이 내어주는
사과밭 주인이 되었으면 좋겠다

예산 정희네
사과나무집 소녀

새벽기도

달그림자 졸고 있는 정문골
여명은 어둠을 사르고
창문을 두드리고 있다

새벽 가르는 닭의 울음소리
산골이 눈을 뜬다

불을 밝히고 올리는 새벽기도
인묵의 목탁소리

나는 신에게
이 땅에 평화를 주소서
소외받는 이들에게
사랑과 희망을 주소서

우리에게 봉사할 수 있는 기회를 주소서
기도한다

옹이

눈이 내린다

호롱불은 흔들리고
실끝 바늘 따라 더듬고 있는 어머니 시선
구멍난 양말 꿰매고 계신다

“엄마 이걸 어떻게 신어”
친구들 앞에 부끄러워 내놓을 수 없어
짜증을 부렸던 철부지

오늘 따라 찬바람에 종아리 다 내놓고
천방지축 뛰어다니는 손녀에게서
어머니 모습 소환한다

“괜찮아” 하시던
신발 속에 어머니 사랑
옹이가 되었다

가을이 그려놓은 풍경화

가을이 그림을 그리고 있다

캔버스에 하늘을 펴고
햇살을 찍어 그림을 그린다

노랗게
빨갛게

대추나무 울긋불긋 비켜 세우고
마당에 멍석 깔고 고추를 넌다

고추잠자리 춤을 추고
참새떼 신이 났다

가을이 그려놓은 풍경화 한 점

여행을 떠나고 싶다

세월이 힘겹다
수레바퀴에 짓눌린
여름이 지나간다

멍석에서 고추 말리는 아낙네의 손
가을걷이하는 구릿빛 농부의 얼굴
햇살에 검게 탔다

높은 하늘에 가을빛이 묻어오고
낭창낭창한 코스모스 붙들고
애를 태우는 고추잠자리 사랑에 빠져 있다

매미소리 뜸해지고
산중 고요를 깨우는 풀벌레 소리
코끝에 와닿는 시원한 밤공기에 설렌다

긴 호흡으로 혼자서 찬찬히
가을과 함께 여행을 떠나고 싶다

이 가시나들

포도넝쿨에
어린 동심이 알알이 매달렸다

"답답해도 참고 견디어야 해"
바이러스에 걸리지 않도록
얼굴을 감싸 주었다

올망졸망 올챙이알 닮은
흑구슬 잘 익었구나

세상 밖이 궁금하지
긴 장마 건너 눈부신 햇살 아래
터진 봉지 사이로
얼굴 살짝 내민 아이들
고추잠자리 손을 잡는다

"빨리 꺼내 줘"
"알았어 조금만 기다려"

추석 명절에는
시집 보내야지

뉘 집으로 보낼까

새콤달콤 이 가시나들

용서를 구한다

바람도 숨을 멈춘
불볕 내려 쏟는 한낮

장미는 더욱
빨갛게 타오른다

괴롭다
태양의 열기
밤까지 기승 부릴려나

산과 들도 가마솥이다
내 마음도 가마솥이다

부채로는
너를 당해낼 수 없어

개울물에 발을 담그고
하늘을 쳐다본다

하늘을 노하게 한 죄
자연에게 용서 구한다

소꿉친구들

떨어져 내려야 빛이 나는 아이들
연노랑 여린 미소가 땅에 쏟아져 구른다

천신하고 작고 둥근 아이들
감나무에서 걸어 내려와야 보석이 된다

이른 아침 눈 비비고 나가
치마에 주워 모은 보석들

실에 꿰어 만든 감꽃 목걸이
서로 걸어주며 놀던 친구들

까르르 떨떠름한 감꽃
한 입 가득 물고
소꿉장난하던 친구들 보고 싶다

강아지도 꼬꼬닭도 모두가 친구 되었지

이 왕관 누구에게 씌워줄까
감꽃에 묻어둔 소꿉친구들

하늘로 통하는 길

숲속에는
하늘로 통하는 길이 있다

영혼의 길

매미는
땅속에서
7년을 수행하고

세상에 나와
짝을 찾아 사랑하고

육신을 버리고

길 따라 하늘에 오른다

제5부

보랏빛 유혹

젊음의 노래

거센 파도에
깎이고 뒹구는 몽돌이 노래 부른다

나는 물이 될 거야

나는 바다가 될 거야

보랏빛 유혹

새벽 운동 나서는 산책길
칡꽃 향기 부시시 내 손을 잡는다

오늘은 뉘 손발 묶으려고
닥치는 대로 초목을 감고 죄는 힘센 줄기들

보랏빛으로 다가서서
자줏빛으로 유혹하고
슬그머니 목을 감는다
한 번 휘감으면 끝장을 낸다

이제는 도로까지 내려와서
손을 흔들고 있다

언제부터인가
나는 너의 끈질긴
생명력에 유혹 당한다

돌아오는 길에
칡꽃 한 줌 따서 찻잔에 녹인다
보랏빛 유혹을 마신다

희망꽃

달빛 내려앉은 들판
별이 쏟아져 내려와
계란프라이를 부치고 있다

새하얀 꽃들이 춤을 춘다
산허리 돌고 돌아온 비바람 속
이리저리 휘둘려도
꿋꿋이 생기 머금고 웃고 있다

수많은 풀들과
부딪치는 경쟁 속
굳굳한 모습
벌 우체부 희망의 메시지 전해 준다

누가 너에게
망초라는 이름표를 달아 주었는가

강인한 생명력
고단한 삶을 끌고 능선 넘을 때
우리에게 희망을 준 계란꽃
지구촌 굶주린 아이들에게

달걀프라이 하나씩 나누어 주자

너의 손을 잡고 이름을 부른다
이제 너를 희망꽃이라 부른다

삶의 여유

산그늘에 앉아 푸성귀 뜯는다

보리밥 양푼에 비벼
허기 채우고 숲속을 걷는다

동쪽으로 십 분쯤 걷다 보면
옹달샘이 그곳에 있다

다람쥐 기다리고 있겠지
노루 녀석 다녀갔을까

망초의 미소

달무리 지는 밤
별들이 내려와 친구가 된다

산허리 돌아온 바람에
무리지어 피었다가 져버린 미소

잡초라 뽑아 던져도
쉬임없이 자라나
하얗게 웃으며 일어서는 것은
분명 쓸모가 있어서일 게다

누가 망초라 했는가

벌들에게 물어보라
우리는 밀원이다

인간의 말 개의치 않는다
우리는 불모지에서 자라나
이 지구를 보호하고 노랗게 웃는다

흔적

발은 걷기 위해 있는 것
걷는다는 것은 삶의 기록

오늘도 발자국을 남긴다
내가 찍고 온 숱한 흔적

뒤돌아보니
비틀 베틀
지우고 싶어도 지울 수가 없다

부끄럽고 아쉽다

바르게 살아야 한다

내가 디딜 발자국
후손에게 이정표가 됐으면 좋겠다

별을 헤는 밤에

산벚나뭇잎 떨어져 물위에 떠돈다

가을 노래 부르며
서성인다

지금 어디로 가는가

고향으로 가는가

봄밤에

우리 다시
연분홍으로 만나자

별을 헤는 밤에

달맞이

오늘은 추석명절
조상님 모시는 날이다

보름달 소나무 숲 위로 걸어온다
쪽진 머리 달빛 곱게 차려입고
어머님이 걸어오신다

넉넉하고 인자한 모습 매운 손맛
차례상 준비하며 따라 부르라 하셨던
어머니의 노래

조율이시棗栗梨柹, 홍동백서紅東白西,
생동숙서生東熟西, 좌포우혜左脯右醯,
어동육서魚東肉西, 두동미서頭東尾西,
고서비동考西妣東, 반서갱동飯西羹東

차례상 풍년이다

손주들 부모은중경 독송하며
조상님 음덕 기린다

며느리 앞세워 뜰에 나가
임자 없어 따라오신
고혼들께 축원 올리니

중천에 우리 어머님이 환하게 웃고 계신다

엄마의 저승꽃

거북등손 우리 엄마
굵은 손마디에 앉은 싯누런 쇳물

시멘트벽을 기어오르는
담쟁이 검붉은 핏줄
호밋자루 잡은 손에 핀 옹이꽃

로션 한 번 바르지 못하고
찬바람과 흙에 닳고 닳아
지문조차 찾아볼 수 없는 손

무엇이 부끄러워 감추셨지요

거친 손톱에 봉숭아물 들여 드리자
저승길이 밝아진다고 웃으신다

가을의 색깔

서쪽 사람은
동쪽 사람들이 그립다

풋감은 빨갛게 물들어 가고

그믐달은 손톱 끝에서 놀고 있다

서산에 그림자는 자꾸만 길어져 간다

벌써 가을이다

나는 무슨 색깔로 물들지

/ 짚베옷에 흘린 눈물 /

제6부

술잔이 넘친다

단춧구멍

실밥만 남기고
사라진 행방 어떻게 하지

어디로 갔을까

뻥 뚫린 단춧구멍에
자꾸만 눈이 간다

핑계 없는 무덤은 없다
떠나간 데는 이유가 있다

내 잘못이다
단단히 붙잡아야 했는데

내 마음 단춧구멍에
꿰매둔다

허수아비

외롭다
참새들은 다 떠나고

찌그러진 밀짚모자 눌러 쓰고
빈 들녘 지키고 있는 너의 모습에

가을볕에 여윈
오직 자식만을 위해
십자가로 남은 내 그림자 겹쳐든다

스산하게
불어오는 바람결에
이제는 떠나야 할 시간이 됐다

나의 길을 떠나야지

파도 이야기

푸른 바다로 달려간다

작열하는 여름 햇살 아래
지칠 대로 지친 몸
파도가 쓰고 있는
우리들의 이야기

선수들 흰 유니폼 입고
일렬로 서서
탕! 소리에 목표를 향해
떼 지어 달리는 우리는 마라토너

물보라 날리며
절벽을 찍고 되돌아
혼신의 힘으로 뛰어
결승선을 밟고 쓰러진다

헐떡이며 모래밭에 뒹군다
가까스로 일어나 큰 호흡 내쉰다

환희 성취감

끝없이 달려갔다가
되돌아온 나는
영원한 달리기 선수

술잔이 넘친다

솔바람 시원하다
평상에 마주앉아 늦은 저녁을 먹는다

달빛 내려와 밥상에 앉는다

숯불에 구워 낸
짭조름한 자반고등어
보리밥에 오이냉국이 감칠맛이다

인묵거사
막걸리 한잔에
이백의 장진주(將進酒)* 뒤척인다

금술잔 비워두고 어찌 달을 대하랴
하늘이 낸 나의 재량 반드시 쓸모가 있을지고

달도 한잔 나도 한잔 당신도 한잔

술잔이 넘친다

*장진주(將進酒) _ 이백

그대여 보지 못했는가,
황하의 물 하늘에서 내려와
바다로 흘러가며 다시 돌아오지 않는 것을
그대여 보지 못했는가,
고대광실 맑은 거울 속 백발에 슬퍼하노니
아침에 검던 머리 저녁에 흰눈 덮인 것을
인생 뜻대로 풀릴 때엔 한없이 즐기고 즐겨야
금술잔 비워두고 어찌 달을 대하랴
하늘이 낸 나의 재량 반드시 쓸모가 있을 테고
천금 다 쓴다 해도 돌고 돌아 다시 올 것을
양 잡고 소 잡으니 더 한층 즐거워라
한 번 마시면 삼백 잔은 마셔야지
잠부자여,
단구생아
술을 권하노니 그대들 멈춰서는 안 되지
그대들에게 노래 한 곡조 뽑을 테니
나를 위해 귀 기울여 잘 들어 주시오
종고풍악, 호화성찬 귀할 게 무어뇨
그저 길에 취하여 깨어나지 않기나 바라면 그뿐
옛적 술 잘 먹던 사람만 그 이름 남기었노니
진시황 옛날 평락에서 잔치할 적에
술 한 말에 만 전짜리 맘껏 마시고 흥겨워 했거늘
주인이여 어찌 돈이 적다 말하는가
단숨에 술 사와 함께 마주보며 대작해야 마땅하리
오화마, 천금구
아이 불러 가져다 맛진 술과 바꾸어 와서
그대들 함께 만고에 쌓인 시름 다 녹여 보자구나

유월의 숲

풀 냄새 초록을 뒤척인다

조그만 연두아이 사춘기 지나
성년으로 달리고 있다

서로 어깨동무하고
하늘을 떠받치고 있다

감자 고추밭에는
농부의 땀방울이 탱글탱글 영글고

들녘에는 배부른 황소 되새김하며
낮잠을 즐긴다

당신의 그늘 아래서
초록빛 꿈
한 소쿠리 안고
한 잠 쉬어 가고 싶다

청보리밭 추억

젊음이 일렁인다
파란 물결 희망이 파도친다

초록의 향연
종다리 노래가 살고 있는 남쪽 고향

보릿대 꺾어 피리 불고
깜부기 황칠한 까만 얼굴들
웃고 뛰놀던 어린 시절

굶주린 배 움켜잡고 잠 이루지 못한 날들
누런 보리 꺾어 구워먹던 꿈을 깨고
물 한 바가지로 배를 채웠던
가파르고 긴 보릿고개길

청보리밭 추억
늦은 봄날
아지랑이 타고 누렇게 달려온다

봄을 세운다

어린 새싹 이슬을 물고
살며시 눈 뜨고 있다

껍질 뚫고 쑥 올라와
따스한 햇빛 한 스푼 먹고
연두색 칠하고 있다

꽃망울 여리어서
언제쯤 깜짝 놀래킬까

두근두근 내 마음속에 봄을 세우고 있다

빈 둥지

오갈피 숲이 소란하다

어둠을 걷어가고
새벽을 깨우는 오목눈이 붉은 새
둥지를 틀며 꿈을 노래하더니

얼기설기 나뭇가지 엮어
마른 풀 얹고 이끼 깔아
신방을 꾸며 놓았다

어느새 알 낳고
새끼들 키워 날갯짓한다

더 넓은 세상으로 날아갈 것이다

숲속에서
들려오는 전원 교향곡

저 빈 둥지는
누가 지키나

내 자신을 보고 있다

반딧불이 축제

겨우 한 순간의 만남을 위해
350여 일을 준비하고
14일을 굶으면서 대를 잇기 위한 짝 찾기

반딧불이 축제는 장관이다
사내는 두 개의 꼬리등을 밝히고
색시는 한 개의 꼬리등을 켜고
짝을 찾아 헤맨다

짝을 찾고 나면 꼬리등불이 꺼진다
초등학생 손주에게 배운 반딧불이 일생
정문골 반딧불이 축제는 이 할미에게 큰 자랑이다

다슬기가 반딧불이 숙주라는 것
서로 마음이 통하면 꼬리등불 색깔이
같아진다는 것

겨우 한 순간의 만남을 위해
350여 일을 준비하고
14일을 굶으면서 대를 잇기 위한 짝 찾기

암컷은 3백여 개의 알을 남기고 생을 마감한다
나는 반딧불이가 되어 어둠 속을 날아다닌다

내년에도 축제는 이어갈 것이다
몸과 마음 깨끗이 하고 구경들 오세요
정문골 반딧불이 축제

그 보살

두물머리 연밭

초록 꽃대궁 들고
미소 짓는 여인

그대 손짓에
가는 길 멈춰 서서

자꾸만 돌아보았던 그 여인
그냥 두고 왔는데

그 여인 뒤따라와
밤을 함께 했다

새벽기도 드린다

두물머리 연꽃

제 7 부

짚베옷에 흘린 눈물

겨울 호숫가 벤치

호숫가를 걷는다
억새도 뜻을 꺾은 겨울

황혼이 깃든 그 벤치
떠나지 못하고
쌓여 있는 낙엽

거위 한 마리 호수를 지키고 있다

함께 있을 날도
얼마 남지 않은 시간

지치고 힘들 때
나는 당신에게 기대고
당신은 나에게 기대는

한 잔의 커피 같은
우리 사이
인생 참 무상하다

겨울 찬 서리 내리는

벤치에 앉아
가지 끝에 매달려 있는
겨울꽃 바라본다

짚베옷에 흘린 눈물

아버지 산소 밑에
보리밭에 앉아
손녀와 냉이 달래
봄나물을 캐고 있다

남계천 남계수 위에
앉아있는 학 한 마리
흰 수염 매만지며
어느새 곁에 날아와
딱새야 딱새야
부르는 소리 들린다

“춥다 어서 가자
우리 딱새 많이 캤구나”

“아버지
우헌 이영순, 우리 아버지”
허공을 쪼는 딱딱딱
공명소리

내 나이 여섯 살 때

아버지 먼 길 떠나실 적에
짚베옷에 흘린 눈물
상여 뒤따르는 철부지 어린 딸

못 잊어 눈에 밟혀
어찌 그 길 가셨습니까

남계천 푸르게 흐르는
이 봄날 보리밭에

부모은덕 못다 갚는 불효 여식
흰 구름 한 자락 끌어다 하늘길 내고
천도의 길 닦으오니 극락왕생 하옵소서

나무(南無)여
나무 나무여
나무불(南無佛)이여 나무불이여

훠이 훠이 훠어이

※ 우헌(遇軒) 이영순(李永恂, 1882.2.10.~1954.7.29) 한의사

이며, 시조시인인 이영순은 구한말 고흥군 남계리에서 태어나 청소년 시절 과거를 준비하다가 갑오개혁(1894~1896)으로 과거제도가 폐지되고 한일합방으로 시국이 어수선해지자 입신양명의 뜻을 꺾고 시를 지으며 명의 신의구 한의사의 제자가 된다.
그 후 그는 고흥읍 봉황산 앞 남계천 언덕에 감초당(甘草堂)한의원을 열고 일평생 가난한 향민들에게 청의(淸醫)로 덕을 쌓으며, 1930년대부터 보성, 순천 등지의 문인들과 친교하면서 '남계회' 라는 시인 동아리를 결성하였다.
회원으로는 춘정 유성, 춘강 정석모, 봉산 김상천, 백천 신태우, 운담 박노호, 서천 신문휴, 학산 김민수, 일농 김상희, 해사 정형래, 벽소 이민영, 성암 김상유, 송천 신영규 등 20여 명이었고, 준회원으로는 이따금 고흥 방문시 시모임에 동참했던 보성의 문인, 소파 송명회, 설주 송운회, 순천 성석 이성규, 서병규, 진주 서예가 성파 하동주가 있다.
남계회 회원들은 주로 고흥의 남휘루(覽煇樓), 향로재, 인근 수도암에서 자주 모여 한시를 짓고 시여아관(是如我觀)이라는 문학, 시국, 사상, 담론용 서첩을 만들어 회독하며 남계회를 이끌었다.
저서로는 '우헌집(遇軒集)' 이 있다.

저녁연기

아련한 그리움에
어둠이 내리고 있다

굴뚝을 떠나 사라지는 연기

청솔가지 타는 내음
아궁이 앞 불빛에
어른거리는 어머니 고운 얼굴

부지깽이로 가갸거겨 써가시며
그렇게 배웠느니라 하시며
나에게 글을 가르쳐 주셨던 어머니

아궁이 헤집고
어린 시절로 줄달음친다

눈물 콧물
옷소매에 배어나는 그리움

어머니 정문골 토굴에
저녁연기 피어오릅니다

망태기 속 봄처녀

햇잎 위로 자연의 품 넉넉하다
내주기만 하는 산야
만족을 모르고 보채는 산촌 아낙들
망태기 메고 봄을 뜯으러 간다

산등성이 골짜기 이곳 저곳 숨어서
다래순 취나물 두릅들이 봄을 내준다

봄나물 채취하는 데는 무언의 약속이 있다
뿌리째 뽑지 말고 한두 잎 남기고 채취한다
내년에도 우리 다시 만나야지

무쇠솥에 나물을 데치니
앞산이 우러나고
뒷산이 들어앉는다

푸른 산 푸른 물에
마음을 헹군다

망태기 속에는 봄처녀가 산다

버들가지 음표

물안개 자취를 감추니
봄비 버들잎 타고 내린다

늘어진 가지는 모두가 청춘

버들가지 음표
구름 위에 걸어놓고
까치가 바람을 탄다

창공에 울려 퍼지는 노래 소리
가슴에 묻어오는 연두 빛깔

호수에
버들잎 띄워 그대에게 소식 전할까
손끝으로 만지면 터질 것만 같은 봄

봄이 그네를 탄다

고드름

타고난 겸손 하늘의 명령일까
추울수록 땅을 향해
키를 키워가는 처마 밑 동장군

대지와 마음 주고받으며 자라다가
제 몸을 헐어 녹여서
땅속 봄기운을 키워낸 너는

생을 다하고 사라지는
내린천 연어가
알을 낳고 생을 마감하듯

매년 찾아와서 봄을 낳고
떠나는 고드름 너의 마음 누가 알까

봄은 항상 네게서 온다

쓰임새

땅속에 바람이 사는가
묻어둔 가을무에 바람이 들었다

바람 든 무 어디에 쓸까

우리 할머니
진국 다 빠지고
찬바람 속 골목길에 서 계신다

이 세상 모든 것들은
저마다 쓰임새가 있다

우리 할머니는
"늙은이는 아무데도 쓸모가 없어"
하신다

바람 든 무 썰어
달고 짭조름한 고등어조림으로
밥맛을 살려 주신다

손녀의 쉼터

마당 귀퉁이에 화단을 만들고 꽃씨를 심는다
할머니가 손으로 꼭꼭 다지고 나면
손녀가 따라다니며 손자국을 밟는다

밤이 오면 별들이
내려와 이슬을 덮어주고
낮에는 햇살이 조잘조잘 손녀의 꿈 키운다

땅속 어둠 한 꺼풀 벗어내고
씨 안에 숨겨둔 어린 왕자들
파랗게 기지개 켜고 솟아나와
손녀의 친구 될 것이다

어젯밤 외계에서 내려온
제비꽃 투구꽃 민들레
도란도란 소꿉놀이하고 있다

삶은 전쟁이다

자판 두드리는 소리
게임하는 소리

선거 유세
문자 폭탄

아스팔트길에
투신하는 자동차 소음

아빠의 코고는 소리
쏟아지는 잠을 밟고 간다

오늘도 전쟁 속에서 산다

달팽이

배낭 하나 지고 길을 나선다
도착지마다 영혼을 풀어 놓는다

여행하기 좋은 날
끌고 온 육신 내려놓고 세상 구경한다

내 갈 길 묵묵히 간다
더듬이로 넓은 세상을 가늠한다

혼자 가는 길이 외로울 때도 있지만
가다 보면 마음이 통하는 친구들도 만날 수 있어 좋다

느릿느릿 세상을 돌아본다
풀잎 이슬에 목을 축인다

내일은 캠핑카를 타고 어디로 갈까

제8부

봄날에 토굴에

길 위에 동반자

어디서 왔지?
너는 뒷산 숲속에서 왔었지

지팡이 감으로는 너 만한 게 없다고
고사목 가지 잘라와 다듬으면서
당신은 참 좋아했었지
대물림해 쓰겠다고

살아서는 푸른 숲으로
죽어서는 당신 마음을 담아
나의 반려자가 되어주는

노간주나무 지팡이는 당신의 분신
너는 길 위에 나의 동반자

숲이 부른다

숲은 언제나 그곳에 있다
도시를 떠나 너에게 안기고 싶다

모든 생명체를 끌어안고 잠든 숲

그곳에 가서
나뭇잎 사이로 하늘을 올려다보고
두 눈을 감고 흰 구름 속으로 날아보자

초록 베개에 얼굴을 부비면
숲이 자장가 부른다

인자한 어머니 품속 같은
숲이 나를 부른다

꽃신 한 켤레

토담집 움막 저녁 연기 드리우면
밥 짓는 냄새 시장끼로 굴풋하다

아랫목 이불 속에 밥그릇 묻어 놓고
장에 가신 아버지 기다리는
어머니 눈길

어둠은 내리고
사립문 들어선 아버지 헛기침

왜 이리 늦었소
약주 한잔 하셨군요

발그레한 미소
말없이 내게 건네주신

꽃신 한 켤레

씨감자

탯줄을 움켜쥔 어린 눈이 안쓰럽다
제 몸을 난도질 당하고
밭에 나갈 준비 중이다

종족 보존을 위한 모성애
산통 견디어내며
토실토실 잘 자라나야 한다

하짓날
줄줄이 끌려 나온 탐스러운 아기들
앙증맞은 보조개
생각만 해도 배가 부르다

농부는 굶어 죽어도
씨앗은 베고 잔다고 하신 어른들 말씀

씨감자는 올해도
제 몸을 갈라 땅에 묻는다

할머니 농장

시루에 물 내리는 소리
콩나물 노란 부리 내밀고 옹알이한다

항아리 속 할머니 농장
시루 밑으로 떨어지는 물방울 소리
똑 똑 똑
여명을 알리는 할머니의 자장가

검은 보자기 아래서
콩나물은 키 재기하고
나는 이불 속에서 쑥쑥 자란다

황금빛 미소 가득한
콩나물시루는
우리 집 할머니 농장

진달래 소포

바지게에 진달래꽃 가득 지고 돌무덤 넘는다
징검다리 밟고 오는 선들선들 봄바람

골짜기 바위틈에 홀로 피어 있는 진달래
오지 않는 임 기다리는
너 모습이 안쓰러워
두견새 슬피 운다

시들기 전에 한 아름 묶어
임에게 보내야지

산야에 뒤척이는 진달래 꽃소식

소포요
진달래 소포 왔어요

부지깽이는

생솔가지 불 지펴 밥 짓는다
마파람 심술에 매운 연기 내칠 때면
눈물 콧물 훔치며 너를 팽개치고
부엌 밖으로 도망치기도 했다

너는 몸을 태웠어

할머니는 늘 말씀하셨다
오빠들 글방에서 공부할 때
어깨 넘어 익혀온 ㄱ ㄴ ㄷ 가갸거겨

아궁이 앞에 쪼그려 앉아 익힐 적에
부지깽이는 선생님이었다

흙바닥에 글을 써 가르쳐 준
부지깽이는 우리 할머니 눈을 뜨게 해 준 스승

돋보기 넘어 성경을 읽으실 때마다
스승의 은혜를 잊지 않으셨다

산촌의 봄

똑 똑 똑
누군가 문을 두드린다
자꾸만 내 이름을 부른다

문 틈새로 들려오는
아이들 목소리

뜨락에 찾아든 봄의 전령사
벌들이 웅웅웅 춤을 춘다

매화 향기롭다

발그레한 내 볼 부비며 내미는
아지랑이 춤사위

산촌의 봄은 이렇게 온다

시계

안개 속에 묻혀 있다

나는
비상등을
켜고 가야 한다

목적지는
시계 밖에 있다

째각 째각
시계 밖에 있다

봄날에 토굴에

흐린 하늘 무언가 쏟아질 것 같은 날이다

이런 날에는 호미 내려놓고
툇마루에 앉아
여유를 갖는 거야

냉이 민들레 씀바귀 부추 양파 썰어
메밀부침이 준비한다

이웃들 불러 모아
이야기 꽃 피워 보자

개구리 울음소리 정겹다
산모퉁이 돌아 내리막길

수원댁 서울댁 수유리댁
팔랑팔랑 걸어 내려온다

들꽃들 걸어온다

봄날 토굴에
봄향기로 가득하다

짚베옷에 흘린 눈물

제9부

석양이 울고 있다

소록도

부표 하나 떠 있다
가슴에 닻 하나 내리고

나를 버린 날들
신음하는 파도 소리

잊지 않으려는 저 바깥의 힘
세상 이기지 못하고
섬으로 찾아든 몸

아무리 불러도 대답 없는 메아리
모래밭에서 어미를 기다리며
눈이 붓도록 울고 있는 아기 사슴들

가까우면서도 먼,
파도를 헤집고 하늘을 보기 위해
불쑥 솟아오른 별빛 사슴 눈

바람에 구름 속에 멈추어 선 소록도
잔디밭에 뛰어노는
사슴들아 슬퍼하지 마라

너희들은 이 땅에서 지옥을
낙원으로 바꿔 놓았다

너희들은 태고부터 이 땅의 빛이었다

봄은 도둑고양이처럼

잔설 속에 숨은 도둑고양이
가슴에 묻어둔 봄을 깨우려고
초록빛 눈을 크게 뜨고
내 볼 부비며 가슴 파고든다

사르륵 사르륵 겨울이 옷 벗는 소리
몸사래 치며 치마끈을 푼다

잠든 개구리 귓불 간질거려 눈뜨게 하고
보송보송 버들강아지 콧노래 시작한다

도둑고양이 봄이 기지개를 켜며
나의 세포들을 모두 깨운다

석양이 울고 있다

달력 한 장 물끄러미 쳐다보며
한 해를 조용히 마무리한다

아쉬움 교차한다
아픈 기억들은 시간의 강에 띄워 보내고
새로운 희망 가득 채워 갈 것이다
사라져가는 일들 바라보면서
보듬어 주지 못했던 것들 토닥거려 본다

새해가 멀지 않았다
너에게서 봄의 씨앗을 본다
뒤따라오는 점점의 날들

마지막 달력이 떨어져 울면
나의 이마에 깊은 주름살은
깊어가겠지

마지막 잎새
한 장 남은 달력
그 속에서 석양이 울고 있다

울타리 밑에

손바닥 위에
까만 꽃씨 놓고 들여다본다

이 속에 내가 있다
이 작은 씨 한 알에
우주가 숨쉬고 있다

꼭꼭 숨어 있거라
머리카락 보인다

땅속 어둠 헤집고 나와서
예쁜 꽃을 피우고 열매 맺어 보자

울타리 밑에 내 마음 묻는다
비둘기 몰래 꼭꼭 묻는다

가을

손톱 끝
그믐달은 엷어져 가고

멍석 위 고추는
빨갛게 익어 가는데

나는 무슨 색깔로 물들지

흰 드레스 걸쳐 입고
하늘로 피어오르고 싶다

두둥실 구름으로 떠
이 가을 내려다보고 싶다

희망을 찾아

사방을 둘러보아도
존재하는 모든 것은 사막이다

신기루가 햇빛을 부셔
모래 벌을 태우고 있다

바람은 매의 눈으로
존재하는 모든 흔적 지우고 있다

낙타가 고난의 길 걸어간다

사막을 걸어 지평선을 넘고 넘어
오아시스를 찾아간다

희망을 찾아
끝없는 사막을 걸어간다

산딸나무

우리 집에 시집온 지 몇해 되었던가
그동안 고생 많이 했다

사뿐히 내려앉아
기도하는 너의 모습

하얀 나비 청순하고 성스러워
너를 볼 때마다 성호를 긋는다

참회하고
감사하고
사랑하고
발원하는
하얀 회향의 날갯짓

세상이 너를 닮았으면 좋겠다

미끈한 피부
나비꽃은 우리 집 자랑
가을에 빨간 사랑의 열매 내주면
산새 들새 불러 모아 우리 잔치 한 번 하자

빈 의자 (1)

호숫가
빈 의자

어제는
앉아 계셨는데

아버지를 닮은
하얀 노인

지난 주에도 앉아 있었는데

빈 의자 (2)

어머니는 먼 길 떠나시고

창가에 바람에

흔들흔들

어머니의 빈 의자

| 작품해설 |

자연 친화와 깨달음의 시세계

— 이신경 시집 『짚베옷에 흘린 눈물』을 중심으로

이 혜 선

(시인, 문학평론가, 문학박사)

1. 들어가며

이신경의 시집 『짚베옷에 흘린 눈물』에는 서울을 떠나 귀촌해서 살면서 농촌과 자연에서 모티브를 얻어서 쓴 자연 친화와 깨달음의 시가 주류를 이루고 있다.

치열한 도회생활을 떠나서 '정문골' 에 귀촌한 시인의 눈에 비치는 자연은 사랑스럽고 평화로운 가운데 삶의 지혜를 일깨워주는 귀중한 객관적(客觀的) 상관물(相關物)이다.

"예술은 삶의 비평" 이라고 주장한 매슈 아놀드의 말처럼, "예술작품은 세상을 더 진실하게, 더 현명하게, 더 똑똑하게 이해하는 방법을 안내해 준다" 는 알랭 드 보통(『불안』)의 말처럼, 자연은, 삶은, 그대로 있을 때는 그냥 자연이고, 그냥 일상의 삶이지만 시인의 예민한 감성과 깊은 사유(思惟)로 읽어낼 때는 우리에게 다가와서 많은 것을 느끼게 해 주고 추체험(追體驗)하고 깨닫게 해 준다.

이처럼 이신경 시인은 대부분의 사람들이 무심하게 보아 넘기는 평범한 농촌생활과 자연 속에서, 시인만의 혜안으로 삶의 지혜를 깨달아 아름다운 예술작품으로 승화시키고 있다. 그와 동시에 시인은 자기성찰과 함께 어려운 이웃에 대한 사랑과 측은지심, 그리고 육친과 가족에 대한 사랑, 그에 더하여 조상을 섬기며 자녀들에게 뿌리를 존중하게 하는 교육을 실천하는 등, 삶의 전반적인 양상을 변용(déformation)시켜 감동적인 예술작품으로 펼쳐준다.

필자는 이신경의 시집 원고를 읽으면서 영화「일 포스티노/ IL POSTINO」속에 등장하는 섬의 청년 마리오를 떠올렸다. 작은 섬에서 어부의 아들로 자라난 순박하고 평범한 청년 마리오의 눈에 섬은 그대로 섬이고, 바다는 그대로 바다이고, 특별할 것도 아름다울 것도 없는 일상이며 환경이다. 그런데 어느 날 그곳으로 오게 된 시인 파블로 네루다(Pablo Neruda, 1904~1973)에게 시를 배우고 시적인 감성으로 모든 것을 바라보게 되면서 그가 살아가는 환경과 자연은 새롭게 다가온다. 마리오는 새롭게 눈 뜬 시인의 눈으로 섬의 아름다움을 소리로 기록해 나간다.

이신경 시인이 살고 있는 정문골도 우리나라 어디서나 만날 수 있는 평범한 시골이며 평범한 농촌이다. 그러나 그 평범한 농촌과 평범한 자연이 시인의 감성과 사유와 만나면서 깨달음과 사랑과 위안을 주는 귀중한 역할을 새롭게 부여받아 의미의 꽃을 피운다. 삶의 비평이며, 자연의 비평인 이신경의 시 속으로 들어가 본다.

2. 농촌의 삶과 자연 친화

이신경 시인은 귀촌 생활 속에서 만나는 농부의 삶에 주목한다. 농부가 밭에서 퍼 올리는 수확의 기쁨과 더불어 기다림의 미학을 노래한다.

농부의 발자국 소리
논밭은 새벽을 연다
엊그제 심은 것 같은데
벌써 감자 수확이다

거두는 이 기쁨 누가 알랴
한 개의 과일 속에 씨앗은 셀 수 있으나
씨 속의 과일은 헤아릴 수가 없다

씨앗은 정직하다
땀 흘린 만큼 얻는다

농사는 기다림이다
초승달 둥글어 가는 모습 아름답듯
우리 인생도 그래야 한다

-「저무는 날에」 부분

농부의 발자국 소리 들으며 새벽을 여는 논밭, 씨앗은 정직하여 "땀 흘린 만큼" 보답해 준다. "한 개의 과일 속에 씨앗은 셀 수 있으나/ 씨 속의 과일은 헤아릴 수가 없다"고 하여 한 해의 눈에 보이는 수확에서 끝나는 것이 아니라, 두고두고 펼쳐 나갈 미래의 새 생명, 새로운 가능성을 상징적으로 열어두고 있어서 시가 더 깊어졌다.

"흙에서 시작한 농부의 삶", 기다림 속에 씨를 심고 기다림 속에 여물고 익어가고 드디어는 저물어가는 농부의 삶을 자연이 주는 지혜와 깨달음 속에 잘 형상화하고 있다.

땅속 보물 찾는 호미 신이 난다/ 흙 속 아이들 보니/ 탯줄에 매단/ 자식들 생각에 가슴이 뛴다// 검은 홑이불 걷어차고/ 줄줄이 끌려 나온 녀석들/ 세상구경 낯설다// 괜찮아 못생겨도 고맙다/ 올망졸망 살찐 개구쟁이들// 구름 속에 숨어있는 초승달같이/ 다시 세상에 탯줄 댈 씨눈들/ 너희들 속에서 우주를 그려 본다// 별이 빛나는 밤에/ 하지감자 쪄내며 나의 꿈을 뒤적인다

–「감자」 부분

하지가 가까워오면 "땅 속 보물" 인 감자를 캔다. 검은 홑이불 걷어차고 끌려나오는 감자를 보면서 "탯줄에 매단/ 자식들 생각" 을 떠올린다. 더 나아가 "다시 세상에 탯줄 댈 씨눈들" 속에서 생명의 순환과 우주의 섭리를 깨닫는다. "나의 꿈" 도 탯줄이 되어 함께 퍼져 나갈 것이다.

숲속에는/ 하늘로 통하는 길이 있다// 영혼의 길// 매미는/ 땅속에서/ 7년을 수행하고// 세상에 나와/ 짝을 찾아 사랑하고// 육신을 버리고// 길 따라 하늘에 오른다

–「하늘로 통하는 길」 전문

귀촌생활에서 얻는 좋은 점은 자연과 농촌과 농촌 사람들의 삶을 통해서 자연의 섭리를 깨닫고 "영혼의 길" 을 발견하는 일이다. "길 따라 하늘에" 오르는 길은 매미의 길이지만, 시적 화자를 비롯하여 사람들 모두가, 생명 가진 모든 자연이 궁극적으로 가야 하는, 가지 않을 수 없는 "영혼의 길" 의 상징적 표현이다.

모든 생명체를 끌어안고 잠든 숲// 그곳에 가서/ 나뭇잎 사이로 하늘을 올려다보고/ 두 눈을 감고 흰 구름 속

으로 날아보자// 초록 베개에 얼굴을 부비면/ 숲이 자장가 부른다// 인자한 어머니 품속 같은/ 숲이 나를 부른다

–「숲이 부른다」 부분

산그늘에 앉아 푸성귀 뜯는다// 보리밥 양푼에 비벼/ 허기 채우고 숲속을 걷는다// 동쪽으로 십 분쯤 걷다 보면/ 옹달샘이 그곳에 있다// 다람쥐 기다리고 있겠지/ 노루 녀석 다녀갔을까

–「삶의 여유」 전문

숲은 언제나 그곳에서 인자한 어머니 품을 열고 "나"를 부른다. 시적 화자는 그 부름에 이끌려 "도시"를 떠나 농촌으로 산촌으로 돌아온다. 귀촌 삶의 여유와 행복을 누린다. "모든 생명체를 끌어안고 잠든 숲"에서 하늘이 되고 흰 구름이 된다. 「삶의 여유」에서도 제목 그대로 산촌이 베푸는 자연 속에서 여유를 누리며, 다람쥐와 노루와 함께 자연과 동화(同化)되어 사는 동화적(童話的)인 삶을 그리고 있다.

감나무 끝에 까치밥 몇 개/ 찬바람에 가지 움켜쥐고 매달려 있다// 홍시를 쪼아 먹는 참새/ 젖을 빠는 아기/ 꽁지 파르르 떨면서 잘도 쫀다// 흔적만 남은/ 감나무 젖꼭지에서/ 할머니 얼굴 떠오른다// 조건 없이 베푸는 할머니 사랑

–「할머니 생각」 전문

산등성이 골짜기 이곳 저곳 숨어서/ 다래순 취나물 두릅들이 봄을 내준다// 봄나물 채취하는 데는 무언의 약속이 있다/ 뿌리째 뽑지 말고 한두 잎 남기고 채취한다/ 내년에도 우리 다시 만나야지// 무쇠솥에 나물을 데치니

/ 앞산이 우러나고/ 뒷산이 들어앉는다

–「망태기 속 봄처녀」 부분

「할머니 생각」에서는 자기를 다 내어주는 자연의 사랑과 그 사랑 속에 흡족하게 자라나는 생명을 조건 없이 베푸는 할머니 사랑을 환치시키고 있다. 이처럼 조건 없이 아낌없이 내어준다고 해서 인간은 그 자연을 송두리째 앗아와서는 안 된다. 그래서 시인은 「망태기 속 봄처녀」에서 자연에 대해 배려하고 자연의 생명을 존중하는 우리 민족의 따뜻한 헤아림에 대해 노래하고 있다. 나물을 채취할 때 뿌리째 뽑지 않고 한잎 두잎 남겨두기, 너무 어린 잎은 뜯지 않기, 익지 않은 열매는 따지 않기, 까치를 위해 감나무 가지 끝에 홍시 몇 개 남겨놓기. 인간만이 최고이며 인간을 위해 다른 모든 것은 희생돼도 좋다는 인간중심주의가 아닌, 모든 생명과 자연과 삼라만상과 공존하며 배려하며 살아온 우리 민족의 아름다운 전통정신을 노래하고 있다. "무쇠솥에 나물을 데치니/ 앞산이 우러나고/ 뒷산이 들어앉는다" 등에서 자연과 하나 되는 혼연일체, 마음을 헹구는 성찰의 주제와, 주제를 형상화하는 표현이 돋보인다.

보랏빛으로 다가서서/ 자줏빛으로 유혹하고/ 슬그머니 목을 감는다/ 한 번 휘감으면 끝장을 낸다// 이제는 도로까지 내려와서/ 손을 흔들고 있다// 언제부터인가/ 나는 너의 끈질긴/ 생명력에 유혹 당한다// 돌아오는 길에/ 칡꽃 한 줌 따서 찻잔에 녹인다/ 보랏빛 유혹을 마신다

–「보랏빛 유혹」 부분

강인한 생명력/ 고단한 삶을 끌고 능선 넘을 때/ 우리에게 희망을 준 계란꽃/ 지구촌 굶주린 아이들에게/ 달걀프라이 하나씩 나누어 주자// 너의 손을 잡고 이름을 부른다/ 이제 너를 희망꽃이라 부른다

– 「희망꽃」 부분

조금만 더 조금만 더 젖 먹는 힘으로/ 파란 하늘을 향해 오르자// 밀어주고 끌어줄 때에 올라가야 해/ 허공을 잡고 꿈을 포기해서는 안 돼// 비바람 휩쓸고 간 아침/ 오월의 장미

– 「여왕이 잠들어 있다」 부분

화자는 자연이 보여주는 생명력과 희망을 "칡"과 "망초"와 "덩굴장미" 등 도처에서 읽어내고 그 생명력에 유혹 당한다. "칡꽃 한 줌 따서 찻잔에" 녹여 보랏빛 유혹에 즐겨 침잠한다. 또한 "망초"라는 이름 대신 "희망꽃"이라 부르면서 지구촌 굶주린 아이들의 생명이 되고 양식이 되고 희망이 되기를 기원한다. 「여왕이 잠들어 있다」에서는 덩굴장미에게 "젖 먹는 힘으로/ 파란 하늘을 향해 오르자"고 격려하며 허공을 잡고 오르더라도 "꿈을 포기해서는 안" 된다고 자신을 비롯한 모든 생명체에게 응원의 메시지를 보낸다.

또한 시인은 산촌에서 "문을 두드리"고 자꾸만 부르는 봄에게 이름 불리어(「산촌의 봄」) 자연과 동화되고 "두근두근 내 마음 속에" 봄을 세운다. "초록 물감 찍어 그려놓은/ 오월 한나절"에 "오늘은 어떤 시를 불러올까" 하고 "서정의 시 군락지"인 자연 속에서 종달새와 시를 노래한다.

이신경 시인은 주제의 형상화뿐만 아니라 표현 면에서도 다양한 개성적인 기법을 사용하여 성공한 작품을 보여준다. 「종달새와 시를」에서 "개울 건너 찔레꽃/ 볼 부벼대는

소리 향기롭다"는 공감각적 이미지를 통해 표현의 묘미를 살리는 아름다운 부분이다. 「빗방울」에서 의인법을 통한 빗방울의 생동적인 묘사와 사랑 가득한 동화적 표현, 「가을이 그려놓은 풍경화」에서 가을로 하여금 하늘 캔버스에 풍경을 그리게 하는 의인화 기법, 유월의 숲을 "조그만 연두 아이 사춘기 지나/ 성년으로 달리고 있다"라고 인간의 성장으로 비유한 뛰어난 의인화 기법(「유월의 숲」), 「봄은 도둑고양이처럼」의 감각적 표현, 버들잎 타고 내리는 봄비를 통해 그려내는 "버들가지 음표"의 독특한 표현(「버들가지 음표」) 등 여러 편에서 이신경 시인만이 가진 개성적 표현을 볼 수 있다. 자연과 사물에 대한 고정관념을 없애고 낯설게 하기를 통해 생생한 이미지를 보여준다.

3. 자기 성찰과 사회의식

이신경 시인은 자연을 보면서 곳곳에서 자기 자신을 돌아보며 성찰하고 반성하며 앞으로 살아가야 할 길을 생각한다. 뒤에 오는 후손에게 이정표가 되기를 염원한다.

> 또박 또박/ 매화꽃은 들고양이 발자국/ y자는 아기 산토끼/ v자는 고라니/ 산새들 종종종 ㅅ자로/ 댓잎을 찍어놓았다// 거친 반항아 멧돼지가/ 성난 파도를 밀고 갔다// 나의 발자국/ 어떤 발자국을 남겨야 할까
>
> -「눈 위에 발자국」 부분

> 뒤돌아보니/ 비틀 베틀/ 지우고 싶어도 지울 수가 없다// 부끄럽고 아쉽다// 바르게 살아야 한다// 내가 디딜 발자국/ 후손에게 이정표가 됐으면 좋겠다
>
> -「흔적」 부분

시인은 눈 위에 선명하게 찍혀 있는 들고양이, 아기 산토끼, 고라니, 산새들, 멧돼지 등 제각기의 개성이 뚜렷한 발자국을 보면서 자신은 어떤 발자국을 남겨왔는지 앞으로 어떤 발자국을 남겨야 할지, 자신을 돌아보며 성찰에 잠긴다. 「흔적」에서도 마찬가지로 자신의 발자국을 뒤돌아 살피며 부끄러움을 느끼는 동시에 바르게 살아야겠다고 결심한다. 후손의 이정표가 되기를 바란다. 직설적인 진술 속에 더 강한 의지를 나타내고 있다.

> 창공을 나는 새가 틈틈이 나래를 접고/ 나뭇가지에 앉아 쉬는 것은/ 더 멀리 날아가기 위함이다// 쉼표 없는 악보/ 좋은 음악이 될 수 없지// 나이 먹을수록 쉼의 골은 깊어지고/ 사물을 바라보는 시간은 많아진다// …(중략)…// 작은 쉼표 하나 찍고 가자 -「쉼표」 부분

> 거센 파도에/ 깎이고 뒹구는 몽돌이 노래 부른다// 나는 물이 될 거야// 나는 바다가 될 거야 -「젊음의 노래」 전문

흰 구름이 산마루에 앉아 쉬고, 바람이 꽃잎에 앉아 숨고르기 하는 것은, 새가 나래 접고 나뭇가지에 앉아 쉬는 것은, 모두 "더 멀리 날아가기 위함이다", 쉼표 없는 악보가 좋은 음악이 될 수 없듯이 힘겨운 삶을 잠시 내려놓고 쉼표를 찍노라면 더 좋은 인생의 음악을 연주할 수 있을 것이다. 자연을 통하여 얻는 "잠깐 멈춤"의 삶의 지혜가 빛난다. 「젊음의 노래」에서는 "몽돌"이라는 자연의 객관적 상관물을 통해 자연의 꿈을 "나"의 꿈으로 환치시켜 놓고 있다. 몽돌이 꿈꾸는 미래는 곧 시적 화자가 꿈꾸는 미래이며 모든

"젊음" 이 꿈꾸는 미래이다.

새벽 가르는 닭의 울음소리/ 산골이 눈을 뜬다// 불을 밝히고 올리는 새벽기도/ 인묵의 목탁소리// 나는 신에게/ 이 땅에 평화를 주소서/ 소외받는 이들에게/ 사랑과 희망을 주소서// 우리에게 봉사할 수 있는 기회를 주소서/ 기도한다

-「새벽기도」 부분

새해 첫날이다/ 희망을 품고 물들어 오는/ 동쪽 하늘 향해/ 나의 창문 활짝 열어 둔다// …(중략)…// 희망의 길/ 찾아가는 새떼처럼/ 이 아침에 날개를 단다// 새해를 품어 안는다

-「해를 품다」 부분

여명이 창문을 두드리는 시간, 새벽을 가르는 닭의 울음소리에 일어나 불 밝히고 기도하는 부부의 모습이 잘 그려진다. 옆에 있는 동반자의 목탁소리에 맞추어 함께 올리는 소박한 성찰과 참회, 기도의 힘이 모여서 그 선한 기운으로 세상은 평화를 유지하고 사람들은 서로 의지하고 돌보면서 희망을 잃지 않고 살아가는 것이다. 그 선한 기운이 모여서 해마다 새로운 해를 맞이하여 가슴에 품고 벅찬 내일을 맞이할 것이다. "새해를 품" 는 것은 중의적 표현으로, 하늘의 태양을, 그 기운을 품는 것이며 우리 앞에 펼쳐진 새해, 새날을 품는 진취적이고 희망적인 발걸음의 시작을 의미한다.

소리를 잃어버린 세상/ 두 개의 귀가 모자라/ 세 개의 귀로 세상 이야기를 듣는다// 몸짓과 표정을 보고/ 소리를 읽어내는/ 농아는 세상과 소통한다// 이어폰을 낀 젊

은이들/ 듣고 싶은 것만 듣는다/ 세상 소리를 차단한 달팽이관/ 그 섬 속에 섬이 자리를 잡고 있다// 보청기는 세상을 연결하는 창/ 답답한 노년층의 귀

– 「잃어버린 소리를 찾아서」 부분

눈이 부셔 눈을 떴다/ 빛 하나가 창틀 사이로 새어 들어와/ 고양이 눈으로 얼굴을 핥고 있다// 가시에 찔린 나의 삶/ 어쩔 수 없이 맺은 어두운 인연/ 그렇지만 내 몸에 맞게 재단해 입고 나니/ 위로의 안식처가 되었다/ 습기와 곰팡이 냄새도 익숙해졌다// …(중략)…// 언젠가 내게도 꽃피는 희망의 계절이 오겠지/ 더 높은 곳을 향해 기지개를 켜자// 바닥이 있어 일어설 수 있다

– 「바닥이 있어 일어설 수 있다」 부분

시인은 자신을 성찰하며 내일의 희망을 노래하는 동시에, 사회의식을 지니고 어렵고 힘든 이웃의 삶에 눈길을 보내고 위무하며 희망을 노래한다.

위의 시에서는 몸짓과 표정을 통해 세상과 소통하며 소리를 읽어내는 농아와, 세상 소리를 의도적으로 차단한 채 자신의 섬 속에서 표류하는 젊은이들, 그리고 소리를 잃고 보청기로 세상과 연결하는 노년층 등을 대비하여 그들의 삶을 문제의식으로 보여주기 한다. 「바닥이 있어 일어설 수 있다」에서는 반지하 단칸방의 삶이지만 "내 몸에 맞게 재단해 입고" "내 마음에 불을 켜자" 고 희망을 노래한다. "가난한 자의 겨울은 위태로운 외줄타기"(「겨울밤을 너에게 맡긴다」)이지만 바닥을 치면 더 높은 곳을 향해 날아오를 수 있다는 희망을 주는 작품이다.

유모차에 파지 싣고/ 고물상으로 들어선다// 가쁜 숨 몰아쉬며 굽은 허리 펴고/ 하늘을 쳐다본다/ 오늘은 얼마를 받을까// 동전 몇 닢/ 손에 쥔 따뜻한 온기// 피곤한 몸 이끌고 집으로 돌아가는 길/ 바람이 스쳐간 눈물자국 / 눈 밑이 빨갛게 헐었다// …(중략)…// 처마 밑에 유모차 세워놓고/ "고생했다 어서 쉬어라" / 할머니는 고물 TV 앞에 하루를 부린다

-「할머니의 유모차」 부분

부표 하나 떠 있다/ 가슴에 닻 하나 내리고// 나를 버린 날들/ 신음하는 파도 소리// 잊지 않으려는 저 바깥의 힘 / 세상 이기지 못하고/ 섬으로 찾아든 몸

-「소록도」 부분

유모차나 리어카에 파지를 싣고 고물상에 팔아 생계를 유지하는 등, 노년 빈곤의 삶이 사회문제가 된 지 오래되었다. 일본에서는 노년층이 7%일 때부터 종합 노화연구소를 설립해서 노년문제, 노년의 건강 등에 대해 연구하고 사회문제 해결을 위해 노력해 오고 있는데 우리나라는 2026년에 노년층이 20%의 초고령사회에 이를 것으로 예측되는데도 아직 노인문제에 대한 종합적인 연구소가 없다는 신문기사를 읽었다.(조선일보 2022년 7월 13일자)

할머니는 하루 종일 거리와 상점을 떠돌며 폐지와 상자를 주워 "오늘은 얼마를 받을까" 기대해 보지만 손에 쥔 것은 "동전 몇 닢" 이다. 눈 밑이 빨갛게 헐어서 집으로 돌아온 할머니는 그래도 처마 밑에 유모차를 세워놓고 "고생했다. 어서 쉬어라" 동반자에게 위로의 눈길 보내는 따뜻한 마음의 소유자이다. 마치도 김종삼의 시 「묵화」에서의 물 먹는 소와 할머니의 모습처럼 인간뿐만 아니라 사물과의 사이에

도 보이지 않는 소통의 강으로 서로 치유하는 정을 느끼게 해 준다. 시인은 「소록도」에서도 "세상 이기지 못하고/ 섬으로 찾아든 몸"의 신음을 소환하여 소록도가 상징하는 사슴을 통해 측은지심을 보여주고 있다.

> 산과 들도 가마솥이다/ 내 마음도 가마솥이다// 부채로는/ 너를 당해낼 수 없어// 개울물에 발을 담그고/ 하늘을 쳐다본다// 하늘을 노하게 한 죄/ 자연에게 용서 구한다
>
> -「용서를 구한다」 부분

하늘을 노하게 한 인간들이 부메랑으로 받아야 하는 기후위기, 온난화 현상은 "산과 들도 가마솥이다/ 내 마음도 가마솥이다", 답이 없는 탄식을 이끌어낸다. 시인은 모든 인간을 대신하여 "자연에게 용서를 구"하며, 인간이 망쳐가는 자연을 제자리에 돌려놓기 위해 경종을 울리고 있다.

4. 육친애와 조상 섬기기

여느 사람들과 마찬가지로 이신경 시인도 육친에 대한 사랑과 가족에 대한 사랑이 지극하다. 부모에 대한 사랑뿐만 아니라 돌아가신 조상을 섬기는 깊은 정신의 아름다움까지 그의 시를 통해 잘 표현되고 있다.

> "아버지/ 우헌 이영순, 우리 아버지"/ 허공을 쪼는 딱딱딱/ 공명소리// 내 나이 여섯 살 때/ 아버지 먼 길 떠나실 적에/ 짚베옷에 흘린 눈물/ 상여 뒤따르는 철부지 어린 딸// 못 잊어 눈에 밟혀/ 어찌 그 길 가셨습니까// 남계천 푸르게 흐르는/ 이 봄날 보리밭에// 부모은덕 못다

갚는 불효 여식/ 흰 구름 한 자락 끌어다 하늘길 내고/ 천도의 길 닦으오니 극락왕생 하옵소서

-「짚베옷에 흘린 눈물」 부분

시인의 나이 여섯 살 때 먼 길 떠나신 아버지이지만 시인은 아버지가 늘 그립다. 시조시인으로 한의사로 살다 가신 아버지에게 동질감을 느끼고, 아버지의 문인 기질과 DNA를 물려받았기에 더욱 그러할 것이다. 시인은 아버지 산소 밑에 와서 손녀와 봄나물을 캐면서 아버지의 부름 소리를 듣는다. 여섯 살 때 영 이별한 아버지이기에 부모 은덕 갚을 길 없는 아쉬움 속에 다만 극락왕생을 기원할 수밖에 없다. 각주에 지사로서, 한의사로서, 시인으로서의 아버지 삶을 기록해서 아버지를 기리는 지극한 마음을 표현하고 있다. 「장끼와 산딸나무」에서도 장끼 울음소리 들리는 봄날이면 "양 날갯죽지 속에 어린 남매 품고" 불러주던 "꿩꿩 장서방 아들 낳고 딸 낳고" 노래를 소환하여 아버지에 대한 그리움을 노래한다.

청솔가지 타는 내음/ 아궁이 앞 불빛에/ 어른거리는 어머니 고운 얼굴// 부지깽이로 가갸거겨 써가시며/ 그렇게 배웠느니라 하시며/ 나에게 글을 가르쳐 주셨던 어머니// …(중략)…// 어머니 정문골 토굴에/ 저녁연기 피어오릅니다

-「저녁연기」 부분

거북등손 우리 엄마/ 굵은 손마디에 앉은 싯누런 쇳물// 시멘트벽을 기어오르는/ 담쟁이 검붉은 핏줄/ 호밋자루 잡은 손에 핀 옹이꽃// 로션 한 번 바르지 못하고/ 찬

바람과 흙에 닳고 닳아/ 지문조차 찾아볼 수 없는 손// 무엇이 부끄러워 감추셨지요// 거친 손톱에 봉숭아물 들여 드리자/ 저승길이 밝아진다고 웃으신다 -「엄마의 저승꽃」 전문

어머니는 아궁이 앞에서 부지깽이로 "가갸거겨"를 배웠다고 하시며 "나에게 글을 가르쳐" 주셨다. 아궁이 앞에서 불을 땔 때면 그 어머니 얼굴이 어른거린다. "눈물 콧물/ 옷소매에 배어나는 그리움" 안고 어린 시절로 돌아간다. "정문골 토굴"에 저녁연기 피어오르는 시간은 그리운 어머니를 만나는 시간이다. 「엄마의 저승꽃」은 "거북등손 우리 엄마" "찬바람과 흙에 닳고 달아/ 지문조차 찾아볼 수 없는 손"으로 어머니의 고된 일생을 표현하고 있다. "거친 손톱에 봉숭아물 들여 드"리면 "저승길 밝아진다고 웃으"시는 어머니 모습을 보며 시인도 마주 웃는 모습이 보이는 것 같다.

보름달 소나무 숲 위로 걸어온다
쪽진 머리 달빛 곱게 차려입고
어머님이 걸어오신다

넉넉하고 인자한 모습 매운 손맛
차례상 준비하며 따라 부르라 하셨던
어머니의 노래

조율이시棗栗梨柿, 홍동백서紅東白西,
생동숙서生東熟西, 좌포우혜左脯右醯,
어동육서魚東肉西, 두동미서頭東尾西,
고서비동考西妣東, 반서갱동飯西羹東

차례상 풍년이다

손주들 부모은중경 독송하며
조상님 음덕 기린다

며느리 앞세워 뜰에 나가
임자 없어 따라오신
고혼들께 축원 올리니

중천에 우리 어머님이 환하게 웃고 계신다

-「달맞이」 부분

시인은 조상님을 모시는 추석 명절에 어머님과 함께 차례상 준비하면서 따라 부르며 배웠던 차례상 진설 노래를 생각한다. 차례 지내면서 손주들에게 부모은중경을 독송하게 하여 조상님 음덕을 기리고 조상과 뿌리에 대한 교육이 저절로 스며들게 한다. 내 조상 섬기기에 그치지 않고 임자 없는 고혼(孤魂)들까지 살피는 깊은 배려의 모습이 감동적이다. 이러한 가정교육 속에 자라난 후손들은 아무리 나쁜 환경 속에 빠져도 근본을 잃지 않고 인간의 존엄을 지키며 어려운 이웃에게 사랑을 베풀며 살아갈 것이다.

학교 교육이 지식 위주로만 흐르고, 사회 교육에는 기대할 수 없는 현대사회에서 제1의 교육자는 부모라는 교육관을 지니고 가정교육에 더욱 신경 써서 실천해야 할 필요성을 각성시켜 주는 작품이다. 많은 독자들이 교훈적으로 읽고 그 정신만이라도 본받을 수 있기를 바란다.

「떡국 한 그릇」은 설을 맞이하여 차례상 준비하면서 코로나19 때문에 오지 못하는 "자식들" 생각하는 시이다. 위로 봉제사(奉祭祀), 아래로는 자녀사랑, 상봉하솔(上奉下率)의 모습이 아름답다.

솔바람 시원하다/ 평상에 마주앉아 늦은 저녁을 먹는다// 달빛 내려와 밥상에 앉는다// 숯불에 구워 낸/ 짭조름한 자반고등어/ 보리밥에 오이냉국이 감칠맛이다// 인묵거사/ 막걸리 한잔에/ 이백의 장진주(將進酒) 뒤척인다// 금술잔 비워두고 어찌 달을 대하랴/ 하늘이 낸 나의 재량 반드시 쓸모가 있을지고// 달도 한잔 나도 한잔 당신도 한잔// 술잔이 넘친다

－「술잔이 넘친다」 전문

육친의 사랑 위에 더 진한 부부 사랑이 아름답게 펼쳐지는 작품이다. 평상에 마주앉은 저녁 밥상에 달빛이 내려와 함께하고, 막걸리 한잔에 홍이 오른 '인묵거사'는 이백의 '장진주'를 읊는다. "금술잔 비워두고 어찌 달을 대하랴/ 하늘이 낸 나의 재량 반드시 쓸모가 있을지고" 정신적 여유를 즐기며 풍류가 있고 격조 높은 시인 부부의 삶의 모습이 그림처럼 떠오른다. 술을 즐기는 풍류 속에서도 시인으로서의 본분에 충실했던 이백처럼, 두 시인도 '나의 재량'을 쓸모 있게 쓰겠다는 소명을 작품을 통해 드러내고 있다.

거위 한 마리 호수를 지키고 있다// 함께 있을 날도/ 얼마 남지 않은 시간// 지치고 힘들 때/ 나는 당신에게 기대고/ 당신은 나에게 기대는// 한 잔의 커피 같은/ 우리 사이/ 인생 참 무상하다// 겨울 찬 서리 내리는/ 벤치에 앉아/ 가지 끝에 매달려 있는/ 겨울꽃 바라본다

－「겨울 호숫가 벤치」 부분

부부는 겨울 호숫가를 거닐다가 혼자 호수를 지키고 있는 "거위 한 마리"를 보면서 "함께 있을 날도/ 얼마 남지 않은 시간"을 생각한다. 그리고 직설적으로 "인생 참 무상하다"는 탄식이 나온다. 그래도 "나는 당신에게 기대고/ 당신은 나에게 기대는" 서로의 존재를 확인하면서 "겨울꽃"의 아름다움을 바라본다. 「손녀의 쉼터」에서는 손녀를 위한 꽃밭을 만들고 꽃씨를 심으며 앞으로 피어날 손녀의 꿈을 응원한다. 「소꿉친구들」에서는 감꽃의 연노랑 미소 속에 어린 시절과 어릴 적 소꿉친구들에 대한 그리움을 노래한다.

5. 마무리

위에서 살펴본 바와 같이 이신경의 시집 『짚베옷에 흘린 눈물』에는 서울을 떠나 귀촌해서 살면서 농촌과 자연에서 모티브를 얻어서 쓴 자연 친화와 그 속에서 얻은 깨달음의 시가 주류를 이루고 있다. 대부분의 사람들이 무심하게 보아 넘기는 평범한 농촌생활과 자연 속에서, 시인만의 혜안으로 삶의 지혜를 깨달아 아름다운 예술작품으로 승화시키고 있다.

자기성찰과 함께 측은지심으로 어려운 이웃에 대해 관심 기울이며, 육친과 가족에 대한 사랑, 그에 더하여 조상을 섬기며 자녀들에게 뿌리를 존중하게 하는 교육을 실천하는 등, 삶의 전반적인 양상을 변용시켜 감동적인 예술작품으로 펼쳐준다. 주제에만 치중하지 않고 표현 면에서도 심혈을 기울인 작품을 만나는 기쁨을 덤으로 얻었다.

이신경 시인의 이러한 시세계가 시간이 흐를수록 더욱 높깊게 확장되기를 기원한다.

이신경 시집
짚베옷에 흘린 눈물
•
지은이 / 이신경
발행인 / 김영란
발행처 / 한누리미디어
디자인 / 지선숙
•
08303, 서울시 구로구 구로중앙로18길 40, 2층(구로동)
전화 / (02)379-4514, 379-4519
Fax / (02)379-4516
E-mail/hannury2003@hanmail.net
•
신고번호 / 제 25100-2016-000025호
신고연월일 / 2016. 4. 11
등록일 / 1993. 11. 4
•
초판발행일 / 2022년 9월 20일
•

•
값 10,000원
•

•
ISBN 978-89-7969-858-9 03810